BRING ME A BOOK

**A gift from
Bring Me A Book**

CONSEJOS PARA LEER EN VOZ ALTA

- Deje que su niño escoja el libro
- ¡Acurrúquense juntos!
- Lea despacio
- Lea el título del libro y el nombre del autor
- Deje que su niño voltee las páginas
- Haga predicciones
- Motive y elogie a su hijo
- Lea mientras su niño están jugando
- ¡Sea dramático, y diviértanse!

Bring Me A Book
www.bringmeabook.org

a Perfect Season for Dreaming

Un tiempo perfecto para soñar

WRITTEN BY BENJAMIN ALIRE SÁENZ
ILLUSTRATED BY ESAU ANDRADE VALENCIA

Cinco Puntos Press

Summer arrived gently, carrying a blue and cloudless sky, making it a perfect season for dreaming.

Octavio Rivera, who was seventy-eight years old, had a feeling that he was about to have the most fantastic dreams of his life…

El verano llegó con ternura, trayendo consigo un cielo azul y sin nubes, creando una temporada perfecta para soñar.

Octavio Rivera, que tenía setenta y ocho años, sentía que estaba a punto de tener los sueños más fantásticos de su vida…

On that first afternoon of summer, Octavio Rivera dreamed a Spanish guitar falling out of a piñata and the guitar was whispering songs of love to a sky filled with perfect stars.

And when Octavio Rivera woke, he told no one about his dreams.

En esa primera tarde de verano, Octavio Rivera soñó una guitarra española que caía de una piñata y la guitarra le murmuraba canciones de amor a un cielo lleno de estrellas perfectas.

Y cuando Octavio Rivera despertó, no le contó a nadie lo que había soñado.

On the second afternoon of summer, Octavio Rivera dreamed two giant turtles falling out of a piñata and the two turtles were kissing—and in the moment of that kiss, a flame shot out into the sky.

And when Octavio Rivera woke, he told no one about his dreams.

En la segunda tarde de verano, Octavio Rivera soñó dos tortugas gigantes que caían de una piñata y las dos tortugas se besaban y en el momento de ese beso, una flama salió disparada hacia el cielo.

Y cuando Octavio Rivera despertó, no le contó a nadie lo que había soñado.

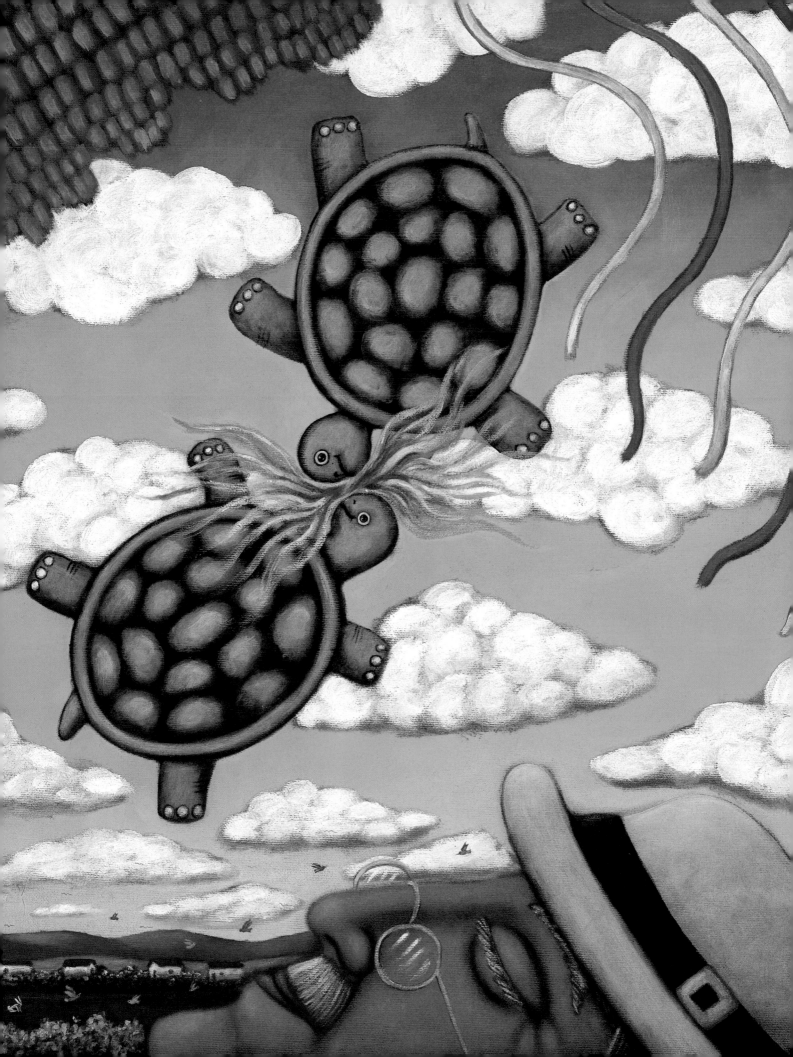

On the third afternoon of summer, Octavio Rivera dreamed three ripe Italian pears falling out of a piñata and the pears were turning themselves into desert cacti bursting into bloom.

And when Octavio Rivera woke, he told no one about his dreams.

En la tercera tarde de verano, Octavio Rivera soñó tres peras italianas maduras que caían de una piñata y las peras se transformaban en cactus del desierto que brotaban en flor.

Y cuando Octavio Rivera despertó, no le contó a nadie lo que había soñado.

On the fourth afternoon of summer, Octavio Rivera dreamed four pigs from Iowa falling out of a piñata and the pigs had yellow wings and were flying to Chicago to see their Uncle Glen and Aunt Nancy.

And when Octavio Rivera woke, he had the urge to tell someone about the dreams he was having.

En la cuarta tarde del verano, Octavio Rivera soñó cuatro puercos de Iowa que caían de una piñata y los puercos tenían alas amarillas y volaban hacia Chicago para visitar a su tío Glen y a su tía Nancy.

Y cuando Octavio Rivera despertó, sintió una urgencia de compartir con alguien lo que estaba soñando.

On the fifth afternoon of summer, Octavio Rivera dreamed five coyotes dressed in mariachi outfits falling out of a piñata and the coyotes were escaping from Tencha's Café on Alameda and heading towards Denver in an old beat-up tractor.

And when Octavio Rivera woke, the urge to tell someone about his dreams was very strong inside him.

En la quinta tarde de verano, Octavio Rivera soñó cinco coyotes vestidos de mariachi que caían de una piñata y los coyotes se escapaban del Café Tencha en la calle Alameda y se dirigían a Denver en un tractor viejo y desbaratado.

Y cuando Octavio Rivera despertó, la urgencia que tenía por compartir sus sueños era muy fuerte dentro de él.

And so he thought to himself, *Who should I tell? Should I tell my son? Should I tell my daughter-in-law?* No, no, he said to himself, *my son and my daughter-in-law would only think that I was finally going crazy, and they would shake their heads.* And so he kept his dreams to himself and told no one.

Entonces se puso a pensar: "¿A quién debo contarle mis sueños? ¿Debería contárselos a mi hijo? ¿Debería contárselos a mi nuera? No, no", se dijo, "mi hijo y mi nuera pensarían que al fin me estoy volviendo loco, y sacudirían la cabeza". Así que se guardó sus sueños y no se los contó a nadie.

On the sixth afternoon of summer, Octavio Rivera dreamed six armadillos from Lubbock falling out of a piñata and the armadillos were hitchhiking to Tucson where they planned to read their poems at a literary festival.

And when Octavio Rivera woke, the urge to tell someone about his dreams had grown stronger and stronger.

En la sexta tarde de verano, Octavio Rivera soñó seis armadillos de Lubbock que caían de una piñata y los armadillos pedían un aventón a Tucson donde planeaban leer sus poemas en un festival literario.

Y cuando Octavio Rivera despertó, la urgencia por compartir sus sueños se había vuelto mucho más fuerte.

Should I tell my younger brother, Marcos? he asked himself. *No, no, my younger brother Marcos would only laugh and tell me I was a foolish old man. He would tell me I was too old to be having such dreams—such dreams were only for children.* And so he kept his dreams to himself and told no one.

———

"¿Debería contárselos a Marcos, mi hermano menor?" se preguntó. "No, no, mi hermano menor Marcos se reiría y me diría que soy un viejo tonto. Diría que estoy muy viejo para semejantes sueños, que esos sueños son para los niños". Así que se guardó sus sueños y no se los contó a nadie.

On the seventh afternoon of summer, Octavio Rivera dreamed seven magic shirts falling out of a piñata and the shirts contained all the colors of the earth and they were busy chasing the little boy who had lost them.

And when Octavio Rivera woke, the urge to tell someone was so strong that his heart was beginning to hurt.

En la séptima tarde de verano, Octavio Rivera soñó siete camisas mágicas que caían de una piñata y las camisas tenían todos los colores de la tierra y estaban ocupadas persiguiendo al niño pequeño que las había perdido.

Y cuando Octavio Rivera despertó, la urgencia por compartir sus sueños era tan fuerte, que le empezó a doler el corazón.

Octavio thought a while and then asked himself, *Should I tell my best friend, Joe?* He shook his head. *No, no, my best friend Joe would tell me that I had indigestion and that I should stay away from eating gorditas and chorizo and all the foods I love to eat. No, I won't tell him. I won't tell my son or daughter-in-law. I won't tell my brother Marcos and I won't tell Joe.* So he kept his dreams to himself and told no one.

Octavio se quedó pensando por un rato y luego se preguntó: "¿Debería contárselos a Joe, mi mejor amigo?" Sacudió la cabeza. "No, no, mi mejor amigo Joe me diría que tengo indigestión y que debería dejar de comer gorditas y chorizo y todas las comidas que me encanta comer. No, no se los contaré. No se los contaré a mi hijo ni a mi nuera. No se los contaré a mi hermano Marcos y tampoco a Joe". Así que se guardó sus sueños y no se los contó a nadie.

On the eighth afternoon of summer, Octavio dreamed eight boys and girls falling out of a piñata, and four of the boys and girls were from El Paso, and four of the boys and girls were from Juárez, and they were all laughing and trying to hold hands.

And when Octavio Rivera woke, he knew if he didn't tell someone about his dreams, then his heart would break …

En la octava tarde de verano, Octavio soñó ocho niños que caían de una piñata y cuatro de los niños eran de El Paso y cuatro de los niños eran de Juárez y todos estaban riendo y jugando y trataban de tomarse de las manos.

Y cuando Octavio Rivera despertó, sabía que si no le contaba sus sueños a alguien, se le rompería el corazón…

And then he smiled to himself. *I know! I know who I can tell. I can tell my granddaughter, Regina. She's six years old, and she's always telling me about all the dreams she has. She tells me all her secrets. Of course! Of course! How could I have forgotten about my beautiful Regina.* So the next day, Octavio Rivera drove to Regina's house and after she'd kissed him ten or twenty times, and after they had laughed and hugged and laughed and hugged some more, he took her to the park.

Entonces sonrió. "¡Ya sé! Ya sé a quién voy a contárselos. Se los puedo contar a mi nieta Regina. Ella tiene seis años y siempre me cuenta sus sueños. Ella me cuenta todos sus secretos. ¡Claro! ¡Claro! Cómo pude olvidar a mi bella Regina". Así que el siguiente día, Octavio Rivera manejó hasta la casa de Regina y después de que ella lo besó diez o veinte veces y después de que se rieron y abrazaron y se rieron y abrazaron todavía más, la llevó al parque.

And when they got to the park, Octavio Rivera laid out a blanket in the shade of a tree that was older than he was and told Regina, "I want to tell you about the dreams that have been visiting me."

"Dreams that visit, Tata Tabo?" Regina asked. That is what she called him, Tata Tabo.

"Yes. Dreams are like good friends who visit and console you when you're lonely."

"Yes. Like friends," Regina repeated. "And I *do* love dreams. You know I love dreams."

"Because you're like me."

"Yes! Yes! Tell me, Tata Tabo! I want to know every detail of all the dreams that have visited you!"

———

Y cuando llegaron al parque, Octavio Rivera extendió una cobija bajo la sombra de un árbol que era más viejo que él, y le dijo a Regina:

—Quiero contarte los sueños que me han estado visitando.

—¿Sueños que visitan, Tata Tabo? —preguntó Regina. Así le decía ella, Tata Tabo.

—Sí. Los sueños son como buenos amigos que te visitan para consolarte cuando estás solo.

—Sí. Como amigos —repitió Regina—. Y los sueños me gustan mucho. Ya sabes que los sueños me gustan mucho.

—Porque eres como yo.

—¡Sí! ¡Sí! Cuéntame, Tata Tabo. Quiero saber cada detalle de los sueños que te han visitado.

... **Y**ou see, querida Regina, those are all the things that were falling from my piñata in my dreams."

"Oh, oh, oh!" Regina cried. "You are the most beautiful dreamer in the world, Tata Tabo! The most beautiful, beautiful dreamer in the world!"

——————————————

Ya ves, querida Regina, ésas eran todas las cosas que caían de la piñata en mis sueños.

—¡Oh, oh, oh! —exclamó Regina—. ¡Eres el soñador más hermoso del mundo, Tata Tabo! ¡El soñador más hermoso del mundo!

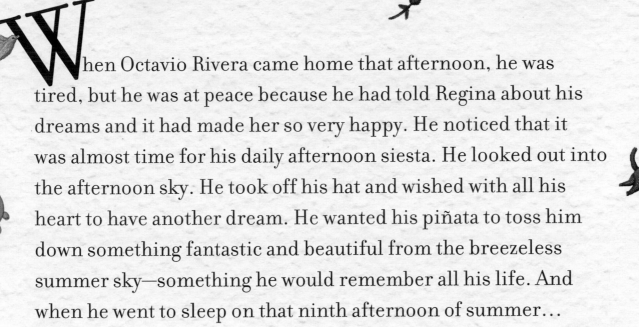

When Octavio Rivera came home that afternoon, he was tired, but he was at peace because he had told Regina about his dreams and it had made her so very happy. He noticed that it was almost time for his daily afternoon siesta. He looked out into the afternoon sky. He took off his hat and wished with all his heart to have another dream. He wanted his piñata to toss him down something fantastic and beautiful from the breezeless summer sky—something he would remember all his life. And when he went to sleep on that ninth afternoon of summer…

Cuando Octavio Rivera regresó a casa esa tarde, estaba cansado, pero estaba en paz porque le había contado a Regina sus sueños y la había puesto muy contenta. Se dio cuenta de que casi era la hora de su siesta. Contempló el cielo azul. Se quitó el sombrero y deseó con todo su corazón tener otro sueño. Quería ver algo fantástico y hermoso cayendo de su piñata desde el cielo azul, sin brisa, algo que pudiera recordar toda su vida. Y cuando se fue a dormir esa novena noche de verano…

...he dreamed not nine, but nine hundred hummingbirds flying out of his piñata, and each perfect hummingbird was calling out his name and the large, beautiful afternoon sky was filled with a choir of hummingbirds singing: "Octavio Rivera, Octavio Rivera, Octavio Rivera…"

...Soñó, no nueve, sino novecientos colibríes que salían volando de su piñata y cada colibrí perfecto lo llamaba por su nombre y esa tarde de verano grande y hermosa, se llenó de un coro de colibríes que cantaba: —Octavio Rivera, Octavio Rivera, Octavio Rivera…

FIRST EDITION
10 9 8 7 6 5 4 3

Library of Congress Cataloging-in-Publication Data

Saenz, Benjamin Alire.
 A perfect season for dreaming = Un tiempo perfecto para soñar / by Benjamin Alire Saenz;
illustrated by Esau Andrade.
  p. cm.
Summary: Seventy-eight-year-old Octavio Rivera has been visited by some very interesting dreams—dreams about piñatas that spill their treasures before him revealing kissing turtles, winged pigs, hitchhiking armadillos and many more fantastic things.
 ISBN 978-1-933693-01-9
 [1. Dreams—Fiction. 2. Animals—Fiction. 3. Spanish language materials—Bilingual.] I. Andrade, Esau, ill. II. Title. III. Title: Un tiempo perfecto para soñar

 PZ73.S2477 2008
 [E]—dc22

A Note About the Translation

Translation is sometimes a personal business. Although our translator, Mexican novelist Luis Humberto Crosthwaite, originally translated the title of *A Perfect Season for Dreaming* as *Una temporada perfecta para soñar,* author Benjamin Saenz chose to translate it on the cover as *Un tiempo perfecto para soñar* even though he does use *una temporada perfecta para soñar* early on in the book. For Ben, this choice had to do with sound and sensibility, and not exact meaning. Ben grew up in Las Cruces, New Mexico, speaking Spanish first and then acquiring his English at school. You may find other stylistic eccentricities in the translation as the translator, author and several editors worked together to bring this book to fruition. Like language itself, translation often involves collaboration, invention, and unexpected and joyful bouts of playfulness.

Many thanks, as always, to Luis Humberto Crosthwaite for his translation, to the lovely Pilar Herrera for her joyful editing, and to the tireless Eida de la Vega for her great eye.

Book and cover design by Antonio Castro H.
Cinco Puntos is going to miss you when you hit the Big Apple. Don't forget us!

www.cincopuntos.com